رواية

عازفة الشاطئ

د. جُمان الرمّاني

إهداء..

إهداء إلى العازفة

إهداء إلى كماني

إهداء إلى مدينة **سيدي بو سعيد** ومناظرها الجميلة وبحرها الخيالي الذي أغرمت به ذات صيف

إهداء إلى روح **الموسيقى**

إهداء إلى روح **الفنانة وردة الجزائرية** وإلى كل من يحب أغانيها

إهداء إلى **الدكتورة سارة لونا أوستن** عاشقة أغنية ألف ليلة وليلة

جمان الريحاني

ذات صيف

كان يا ما كان في أحد أيام الصيف، وقبل أن يحل موسم الاصطياف بقليل، حيث جاء توماس وهو شاب بريطاني إلى مدينه تونس، جاء في رحلة عمل، وليس من أجل السياحة، ليس من أجل رحله ترفيهية.

كان توماس قد زار تونس عدة مرات، ولكن إلى مناطق مختلفة منها: سوسة، الحمامات، القيروان، وهذه المرة كانت رحلته إلى تونس العاصمة.

لقد كانت كل رحلاته رحلات عمل، فهو نائب مدير شركه إلكترونيات.

وبعد مرور يومين من العمل في هذه الرحلة الأخيرة، بقي أمام توماس عمل قليل ويومان إضافيان فقرر العودة، لكن صديقه وشريكه في العمل نصحه بالبقاء هنا الفترة المتبقية، وأن يستمتع بالأجواء في تونس.

وقد اقترح عليه صديقه ريك أن يكون المسئول عن الرحلات، وما إلى ذلك، وقد قال له:

أترك لي أمر الرحلة، وسوف أقوم بجلب السعادة إلى هنا، أعدك بأن الجدول سوف يعجبك، أنت تستحق ذلك، أنت تستحق بعض الراحة ألا ترى كم أنت تتعب في العمل، ولا متنفس أمامك.

أترك لي أمر الجولة و الجدول يا صديقي، وأعدك بأنك سوف تسر بما سأقترح عليك.

وهكذا بعد إصرار ريك وكلامه المشجع لتوماس،
وافق هذا الأخير على البقاء، والاستمتاع بما بقي
أمامهما من وقت في تونس.

رحلة إلى مدينة سيدي بو سعيد

في صباح اليوم التالي دق ريك باب غرفة توماس وأيقظه، وأخبره بأن سيارة التي سوف تأخذهما في انتظارهما، وعندما سأله توماس عن وجهتهما أخبره ريك، بأنهما سوف يسافران حالا، لكنه لم يخبره بالوجهة، لأن الأمر مفاجأة.

كان توماس قد حزم حقيبته بطلب من صديقه ريك في الليلة السابقة قبل خلوده إلى النوم، لأنهما سوف يقضيان ليلتين في مكان آخر، ثم يسافران إلى بريطانيا حيث يعيشان.

وهكذا انطلق الصديقان في رحلتهما المشوقة، كانت المناظر رائعة، والجو بديع.

وصل الصديقان إلى منطقة تدعى سيدي بو سعيد

كانت تلك المدينة ساحرة بكل ما فيها، بيوتها البيضاء، بالأبواب والنوافذ الزرقاء، وبحرها الصافي وشاطئها النقي، وقد كان لها بحر أخضر اللون ساحر عند الصباح.

تجوّل الصديقان في المدينة جيدا، بعد أن وضعها حقائبهما في غرف الفندق الخاصة بهما.

اختار ريك فندقا قريبا من الشاطئ، لأنه يعلم بأن توماس يحب البحر كثيرا، وسوف يحب المشي على الشاطئ في مختلف في أوقات النهار، خاصة مع

غروب الشمس فهو يحبه البحر مساء وبالأخص
الساعات الأولى للمساء على الشاطئ.

ذكريات تصنع

تناول توماس وريك وجبه الغداء في أحد المطاعم التي تبيع الأسماك فمدينة سيدي بو سعيد تشتهر بمطاعمها التي على شاطئ وتشتهر بمطاعم السمك خاصة وبأسماكها اللذيذة.

بعد ذلك توجها إلى أحد المقاهى، المقهى الأوروبي وتناولا كوبين من الشاي.

كان الجو رائعا، وبديعا، أعجب توماس بأغنية مرت على أذنيه في ذلك المقهى، لقد كانت أغنية ألف ليلة وليلة إحدى الأغاني العربية الطربية، وطبعا لم يكن توماس يعرف الأغاني العربية، ولا حتى يفهم كلماتها، ولكن كان للأغنية لحن علق في ذهن توماس، ولمس روحه.

سأل توماس النادل عن الأغنية، وعن المطربة، ثم طلب منه أن يكتب له عنوانها باللغة العربية على جهازه لكي يقوم بتنزيلها، فكتب له النادل العنوان بالعربية، وكتب له اسم المطربة أيضا ولكن بحروف أجنبية لأنه لم يكن هناك لغة عربية على جهازه، ولكن الأمر كان مجديا.

قام بعد ذلك توماس بتنزيل الأغنية على الفور، تلك الأغنية التي أعجبته والتي أعجب بموسيقاها، وغمرته السعادة بما تحصل عليه، لقد كان سعيدا وهو يستمع لتلك الأغنية على جهازه، ثم غادر المقهى.

اعتذر توماس من ريك لعدم رغبته في مواصلة التنزه في ذلك الوقت، وأخبره بأنه يريد أن يأخذ قيلولة لبعض الوقت.

عندما كان توماس يتمشى متوجها إلى الفندق، اعتقد بأنه سمع صوت عزف على الكمان، ولكن سرعان ما اختفى ذلك الصوت.

لقد كان توماس يحب الموسيقى حقا، فهي تلفت انتباهه في كل مرة.

غرام بلا موعد

وصل توماس إلى الفندق، صعد إلى غرفته واستلقى على سريره.

بعد أن دخل وأغلق باب ثم تذكر تلك الأغنية، فشغلها في هاتفه واخفت صوتها ولكن سرعان ما غطّ في نوم عميق.

كانت الغرفة ضبابية، وتوماس مستلق على سريره، توماس يرتدي قميصا أبيض اللون مطويّ الكمين، مفتوح الأزرار من الأعلى، وسروالا قصيرا يصل إلى منتصف الساق.

شعره الأشقر مموج إلى الأعلى، وقد كان نائما، وكأنه طفل صغير أو ملاك جميل.

الغرفة جميلة، على السرير شراشف بيضاء، وهناك هاتف وكمبيوتر محمول على طرف السرير، والستائر البيج الشفافة تتحرك مع نسمات الهواء، وكأنها ترقص على نغمات الكمان الذي تعزفه الفتاة الشابة الجميلة التي تظهر فقط من خلال خيالها لأنها واقفة في شرفة غرفة توماس، ولكنها تنظر باتجاه البحر وظهرها للغرفة، يظهر فستانها الشيفون الذي يرقص مع الستائر الغرفة.

عندما انتبه توماس للفتاة، قام من مكانه لأنه سمع صوت العزف وعندما التفت رأى فستانها وخيالها، والستائر التي ترقص معها، فقام ليرى من هي، وكيف دخلت إلى غرفته.

وصل توماس إلى الشرفة، وقد أعاقت طريقه الستائر ولكنه أبعدها، وعندما فعل ذلك لم يجد أحدا في الشرفة. رغم غرابة الموقف إلا أنه استمر في سماع

العزف، عزف الكمان كما كان يسمعه قبل قليل، فخرج إلى الشرفة التي وجدها خالية، مع أنه كان يرى الفتاة تقف هناك أمامه ولا يحول بينه وبينها إلا الستائر الخفيفة.

وقف في الشرفة ونظر يمينا ويسارا، ولم يكن هناك أحد، ولا حتى في باقي الشرفات، ولا في كل الشارع إلا بعض الأشجار والهواء والعليل.

عندما أنصت توماس بإمعان كان صوت الكمان واضحا ورومانسيا، إنه عزف للحن جميل، ومن يعزفه صاحب ذوق جميل أو صاحبه ذوق رفيع.

عاد توماس إلى غرفته حتى سمع صوت رنين هاتفه الذي أيقظه من نومه، فقام مفزوعا.

إكتشف توماس أنه كان نائما، وما رآه للتو كان حلما جميلا.

أخذ هاتفه لكي يرى من المتصل، وإذا به ريك هو من كان على الهاتف، وقد تأخر الوقت وقلق عليه لأنه

استغرق وقتا طويلا في قيلولته، فطلب منه النزول لكي يخرجا قليلا، ثم يذهبا لتناول طعام العشاء فقد تأخر الوقت قليلا، وكادت الشمس أن تغيب.

تضايق توماس لأن الوقت تأخر بعض الشيء، وكان يفضل لو أن قيلولته لم تطل، لكان تمتع بالجو أكثر واغتنم فرصه تواجده هناك في تلك المدينة الجميلة. فشاهد غروب الشمس من أول بداياته وحتى الثواني الأخيرة.

اعتذر توماس من ريك الذي كان ينتظره في الطابق الأسفل للفندق، وبالضبط في الردهة، وطلب منه أن يبحث عن مطعم قريب في حين هو سوف يلحق بغروب الشمس على الشاطئ ثم يعود، أو أن يلحق به.

ذهب توماس ليتمشى على الشاطئ والجو يميل إلى البارد قليلا، وكأن السماء مليئة بالسحب، السحب تتجه إلى الغرب.

مشى توماس طويلا على طرف الشاطئ، و بعد أن قطع مسافة معينة والسماء أصبحت داكنة اللون وخيّم الظلام قليلا، لم تكن هناك إلا أنوار المحلات تلوح على الشاطئ، والقريبة منها تتلألأ على الماء.

توماس هو شاب رومانسي يحب الطبيعة، ويستمتع بكل ما فيها، أحس توماس وكأنه سمع صوت عزف الكمان، فتذكر بأنه لم يحضر معه هاتفه عندما أدخل يده في جيبه لأنه ولربما أراد أن يقترب من المكان، الذي به العزف، لعله يقوم بتسجيل المقطوعة الجميلة التي هو يسمعها.

تذكر توماس ذلك الحلم أيضا، ثم بحث عن صوت العزف حتى وجده، لم يكن متأكدا بأن الصوت حفيفي ولكنه اكتشف بأنه بالفعل يسمع عزفا، كان الصوت يأتي من بعيد.

وبعد أن قطع مسافة تأكد من حقيقة ما يسمعه، لأنه وبعد أن حدث ما حدث معه في القيلولة هذا اليوم

وذلك الحلم الغريب، الذي اعتقد أنه حقيقة واختلاط الواقع بالأحلام، لم يعد يثق في حواسه.

وصل إلى المكان، ولكنه لم يكن يرى من حيث هو جيدا، لم يستطع روية من هناك، من ذلك الشخص الذي يقف بالقرب من البحر ويعزف لحنا جميلا، لقد كانت فتاة تلبس فستان أبيض اللون طويلا، وتضع على رأسها قبعة فرنسية كبيرة، الكاب الفرنسي.

لقد لمعت السماء بالبرق، وفي تلك الحالة تمكن توماس من رؤية الفتاة جيدا، كانت تلك الفتاة تشبه فتاة الحلم

عندما اقترب منها توماس لمسافة تجعله يرى وجهها، وجد بأنها تضع قناعا على وجهها، ولكنها لم تكن مقابله له بالشكل الكافي.

لم تكن الفتاة تأبه لمن يستمع لعزفها، أو ينظر إليها، وكانت مندمجة مع اللحن جيدا، وهذا ما جعلها تلتفت إلى الجهة الأخرى، ولا تعير انتباها لما يحدث

خلفها على الشاطئ، كانت المسافة بينهما حوالي ستة أقدام أو أكثر بقليل.

كان الشاب توماس مأخوذا بالفتاة والكمان، واللحن لدرجه أنه كان يريد أن يكلمها.

مد توماس يده نحو الفتاة لكي يلفت انتباهها إليه، ثم تراجع لأنه لم يكن يريد أن يزعجها، بل كان هو الآخر أيضا يريد أن يستمتع بتلك المعزوفة إلى آخر نغمه فيها.

بينما كان توماس مأخوذا بعزف الفتاة المجهولة ويتذكر ذلك الحلم حتى تفاجأ بيد توضع على كتفه، وتفاجئه من الخلف.

لقد كان ريك هو الذي وصل مع أول زخات المطر، إلتفت إليه توماس الذي كان وكأنه شارد الذهن ليجد ريك وراءه وقد بدا المطر يصبح أقوى شيئا فشيئا.

قال توماس:

آه ريك هذا أنت، لقد فاجأتني

ريك:

لقد كنت أناديك، ولكن يبدو أنك لم تسمع صوتي..

ماذا تفعل تحت المطر؟

توماس:

حسنا.. ماذا كنت تريد مني؟

ريك:

ألا تشعر بالمطر!؟ هيا بنا نتكلم في طريق العودة، أسرع المطر غزير.

توماس:

انتظر يا ريك، سوف أكلم تلك الفتاة، ثم أعود إليك سريعا

ريك:

أية فتاة؟

توماس: (وهو يلتفت خلفه)

تلك التي هناك

ريك:

أين؟

توماس: (وهو متفاجئ)

ولكن أين هي؟

لقد كانت هناك فتاة تعزف على الكمان

ريك:

في هذا الجو الماطر؟

توماس:

نعم، أقصد قبل أن يسقط المطر

ألم تراها أنت؟

ريك:

لا .. أنا آسف، لم أنتبه .. هيا بنا

توماس:

ولكن أين ذهبت!؟

انتظر.. سوف أبحث عنها، لا يعقل أن تكون قد ابتعدت.

ريك:

لن تجد أحدا هنا.. بالإضافة إلى أنني لا أرى أي أحد على الشاطئ..

هيا بنا.. سوف تمرض فأنت مبلل بالكامل وأنا أيضا.. هيا يا توماس.. رجاء.

بعد أن رأى توماس بأن المطر قد ازداد قوة، والفتاة اختفت، وقد أصبح الجو مظلما، وبعض المحلات كانت قد أدخل عمالها الطاولات التي كانت في الخارج، مما يعني أنهم يعلمون بأن هناك عاصفة قادمة، وبأن الجو لن يتحسن قريبا.

حالة غريبة

عاد الصديقان إلى الفندق وهما مبللان، فافترقا ليعود كل منهما إلى غرفته لكي يغتسل ويغير ملابسه، ويجفف شعره.

وبعد حوالي الساعة، انتظر ريك توماس لينزل ولكنه لم ينزل، وحين كلمه في هاتف الغرفة من صالة الاستقبال أخبره توماس بأنه قد فقد شهيته للأكل، ولا يريد النزول إلى مطعم الفندق، ولا يريد الخروج أيضا.

لم يتمكن ريك من إقناع توماس بالنزول ولا بالخروج، ولم يستطع أن يفهم لما هو في هذه الحالة، ولأنه هو من أصر عليه بالبقاء يومين إضافيين بعد إنهاء عمله وأقنعه بالمجيء إلى مدينه **بوسعيد** فكان يضع على عاتقه مسؤولية الترفيه عن صديقه توماس الذي يجهد نفسه ويجد في العمل كثيرا، ولا يهتم بنفسه ولا بصحته.

أخذ ريك بيتزا وعصائر وصعد إلى غرفة توماس لكي ينضم إليه، فهو يعلم بأن صديقه إذا عزف عن الخروج، لن يخرج من غرفته ولن يهتم به أحد لطيف.

توماس هو شاب لطيف، وكان استقباله لريك جيد، فقد وجده بأنه لم يخلد للنوم بعد.

سهر الرفيقان وتناولا طعام العشاء ثم تسامر قليلا، وبعد ذلك غادر ريك إلى غرفته وبقي توماس يراقب السماء والأمطار التي أصبحت خفيفة.

حين فتح الباب وخرج إلى الشرفة فأعجب بما رآه، لقد كان منظر المدينة هادئا، حيث أن الفندق كان يطل على الشاطئ وعلى المدينة في نفس الوقت، إذ له إطلالتان.

كان منظر المطر الخفيف وهو يتساقط على البحر الذي لا هو هاجر هائج ولا هو هادئ له وقع رومانسي جذاب.   وبينما توماس يراقب الأجواء ويستمتع بقطرات المطر التي تسقط على وجهه الذي يرفعه للسماء، حتى سمع فجأة صوت الكمان من جديد.

لكن هذه المرة كان صوت العزف خفيفا، يبدو أنه على مسافة من غرفة توماس.

لقد تذكر توماس قصته مع الكمان بتلك الألحان، ذلك الحلم، تلك الفتاة، وما حدث معه اليوم طول النهار، وهذا العزف الحزين مساء اليوم.

كان الجو باردا بعض الشيء، ولكنه لم يستطع أن يقاوم رغبته في الاستمتاع بتلك الألحان العذبة، رغم بعد الصوت من بعد المسافة.

لقد كان الوقت متأخرا والنوافذ مغلقة، وقليلة هي الغرف المُنارة، بينما هو يتجول بنظره هنا وهناك، فكانت غرفة توماس هي الأخرى تكاد تخلو من مصادر الإنارة، لأنه كان يهم بالخلود إلى فراشه حتى سمع أعذب الألحان تعزف على الكمان.

ما فاجأه وجعله يستغرب هو أنه قد سمع نفس لحن الأغنية التي قام بتحميلها هذا اليوم، والتي سمعها في المقهى.

يا للصدفة العجيبة.. إنه نفس اللحن، نفس الأغنية، ولكنه صوت عزف بدون كلمات.

وبعد أن توقف من يعزف عن العزف، حيث كان قد راود توماس الشكّ، بأن تكون هي نفسها تلك الفتاة التي كانت على الشاطئ.

دخل توماس إلى غرفته، وحاول أن يجفف شعره بالمنشفة، ثم خلد إلى فراشه.

لم يستيقظ توماس صباحا بل جاءه ريك الساعة العاشرة بعد أن رن عليه في الهاتف، ولم يتلق جوابا.

عندما لم يجد ريك جوابا طلب من أحد موظفي الفندق أن يدخل معه غرفه توماس لأنه قد قلق عليه بالفعل.

كان توماس محموما غارقا في عرقه، لقد أصيب بالبرد من تعرضه للمطر الليلة السابقة، عندما كان واقفا في شرفته.

بعد أن دخل ريك وموظف الفندق إلى غرفة توماس ووجدوه مريضا، قام ريك بمعالجته بعد أن طلب له الطبيب، و سهر على صحته حتى استعاد عافيته.

طلب له الدواء وبعض حساء الدجاج، وفي المساء، أمسى توماس في حالة أفضل.

في المساء، وبعد أن تحسنت حالة توماس كثيرا، ولم يبق إلا هذه الليلة أمامهما من الرحلة، فغدا موعد طائرتهما وعودتهما.

نزل توماس مساء لكي يتناول طعام العشاء مع ريك، ولكي يقوما بجولة حول المدينة.

عازفة الكمان والفضول الغريب

كان توماس مهتما بأمر عازفته الكمان إذ أراد أن يذهب إلى نفس المكان الذي رآها فيه.

وبينما الاثنان يمشيان على طرف الشاطئ، اختار ريك أحد المحلات التي تواجه الشاطئ ليتناولا طعام العشاء.

وبينما ريك منهمك بقراءة قائمة الطعام لكي يختار منها ما يتناولانه حتى اعتذر منه توماس، وأخبره بأنه

سوف يذهب إلى الشاطئ خلال تحضير الطعام، فقد كانت الطاولات في الهواء الطلق مقابلة للشاطئ.

قد اعتمد توماس أن يكون هذا المطعم بالذات المكان الذي سوف يجلسان فيه ويتناولان الطعام، والسماء بدأت تلبس ثوبا داكنا فقد غربت الشمس، وهو يعتقد بأنه قد يحظى برؤية الفتاة مرة أخرى.

بقي توماس يتأمل غروب الشمس وما بعده قليلا، ثم عاد إلى طاولة كان طعامه قد وصل، ولكن لم تكن له شهيه مفتوحة، عكس ريك الذي كان يستمتع بالطعام جدا، واعتقد بأن توماس لا يأكل لأنه ما زال مريضا، ولكن الأمر لم يكن كذلك.

وفجأة تمّ تشغيل أغنية **في يوم وليلة** في المطعم، وهذا ما جعل توماس يجن جنونه فقد عاد له الحنين، ورجعت له تلك الحالة التي تملّكته حين سمع الأغنية

لأول مرة، وذلك الشعور الذي راوده عندما سمع تلك الفتاة تعزفه على كمانها على الشاطئ.

جنّ جنون توماس ثم قرر أن يسأل النادل، الذي كان يضع لهما التحلية على الطاولة، بينما كان ريك متحمسا جدا للتحلية.

للأسف لم يكن توماس يجيد اللغة الفرنسية، وبالطبع لا يتكلم اللغة العربية، على العكس تماما من النادل الذي كان تونسي الجنسية يتكلم اللغة العربية فقط، ويجيد بعض الفرنسية، وهذا ما جعل الأسئلة، والاستفسارات التي طرحها توماس لا تلقى جوابا.

كان الحل في ريك الذي تدخل ليفهم من توماس ما الذي يريده بالضبط، لكي يقوم بشرحه ويترجمه بالفرنسية للنادل .

لقد كان ريك يجيد الفرنسية، ويفهم بعض العربية قليلا ولكن ليس بالكثير.

فهم ريك من توماس أنه قد رأى فتاة تعزف على الكمان قرب الشاطئ، وأراد منه أن يسأل النادل عنها ومن هي؟ وأين تقيم؟

لم يكن النادل يعرفها، ولكنه أخبرهما بكل المعلومات التي يعرفها عن الفتاة، ما أخبرهما به هي معلومات قليلة، فقد أخبرهما بأنه يراها على الشاطئ ويسمع عزفها الجميل كل ليلة، والغريب في الأمر هو عدم ظهورها هذه الليلة، فمن عادتها العزف قرب البحر حتى عندما يكون الجو متقلبا أو ماطرا.

وأضاف بأنه لم يسمع عزفها هذا اليوم بتاتا، وقال بأنه بالعادة يسمع عزفها، ولو كان مجرد تدريبات، فالصوت يخرج منه غرفتها في النزل القريب من هنا،ويسبح في كل الفضاء.

أخذ توماس وريك عنوان النزل وسارعا إلى هناك، وتوماس يبدو سعيدا ومستعجلا، بينما كان ريك

يضحك أحيانا ويستغرب في أحيان أخرى من تصرفات توماس، التي أصبحت غريبة بعض الشيء.

رغم أن الأمر غريب أي ما يحدث مع توماس إلا أن ريك قد كان سعيدا بما يحصل مع صديقه، وليس التشتت وعدم الفهم بل لأنه قد وقع في الحب أخيرا، وهذا واضح على كل تصرفاته حتى وإن لم يكن يعلم ذلك بعد.

اقتفاء الأثر

توجه توماس وريك إلى الفندق الذي كان فندقا هادئا صغيرا، ولم يكن يبعد مسافة كبيرة.

عندما سأل ريك في الاستقبال عن الفتاة التي تعزف على الكمان وعدّد صفاتها ولكن الفتى الموظف في الاستقبال عرفها من أول سؤال تم طرحه عليه، إذ لم تكن في ذلك المكان فتيات كثيرات بصفاتها فقد كانت هي الوحيدة التي تعزف على الكمان.

أخبرهما موظف الاستقبال أن الفتاة اسمها **أناريا**، وهي فتاة فرنسيه، وقد كانت تقيم في الفندق منذ فتر طويلة، تكاد تشارف على الشهرين، ولكنها بالأمس قررت المغادرة وفجأة.

عندما سأله ريك عن سبب قرارها بالمغادرة وهكذا، كان جواب الموظف بأنها تلقت اتصالا هاتفيا من الجزائر، فاضطرت للمغادرة صباح هذا اليوم.

لم يكن ريك متضايقا من الترجمة رغم أسئلة توماس الكثيرة التي كان يطرحها، ورغم الحالة الصعبة التي كان فيها توماس، الذي كان يشرح له، وريك يترجم لموظف الاستقبال.

أراد توماس أن يفهم كل شيء وأن يجمع كل المعلومات الممكنة عن الفتاة الغامضة، ولم يلاحظ كم هو متلهف لمعرفة المزيد عنها.

أخبرهما موظف الاستقبال (وبعد سؤال توماس بالطبع) عن سبب سفر **أناريا** إلى الجزائر، وقال لهم

بأن والدها فرنسي، ولكن والدتها جزائرية، وأنها سمعت خبر وفاة جدتها الجزائرية، وهذا ما جعلها تسافر إلى الجزائر فور تلقيها ذلك الخبر.

لم يكن الفتى يمتلك معلومات للاتصال بالفتاة **أناريا**، ولكنه أخبرهما بأنها كانت في إقامة مفتوحة في هذا الفندق في تونس، وأعطاهما أمل في أنه ربما تعود من جديد.

أخذ توماس رقم هاتف الفندق، وطلب من موظف الاستقبال أن يبلغه في حالة ما إذا هي عادت للإقامة في الفندق بالفعل.

لم يُغمَض لتوماس جفن في تلك الليلة، وكان يتأمل السماء والنجوم والسعادة تغمره لعثوره على فتاته **أناريا** التي سلبته فؤاده بعزفها على الكمان.

كان الضوء خافتا في غرفة توماس وهي مطفأة المصابيح، ولكن كان هناك ضوء يدخل من شباك

الغرفة وهو مستلق على السرير حيث يمكنه رؤية السماء.

رغم كل شيء كان توماس يشعر ببعض السعادة، ولا يمكنه ترجمة أحاسيسه.

هذا الإحساس الغريب الذي يراوده.

وقد كان توماس مستغرقا في تلك الموسيقى التي في هاتفه، ولأنه لا يعرف اللغة العربية، ولم يتمكن من فهم كلمات تلك الغنية فقد قام بتنزيل موسيقى الأغنية وراح يستمتع بها.

كلما أغمض توماس عينيه كان يلمح أناريا وكأنها هي التي تعزف له وليس صوت الهاتف.

لقد تعلق توماس حقا بتلك الفتاة وكذلك بالأغنية التي رأى بأنها تعني شيئا ما، وبأن لها علاقة بلقائهما الذي لم يكن مجرد صدفة في نظره، بل قد يكون ترتيبا من القدر .

كل هذا وكلما حصل، واللقاء الذي لم يكن كما يجب، إذ لم تسنح له الفرصة بالكلام مع الفتاة، ولا تمكنت هي من رؤيته، ولكنه كان قد عزم على العودة هناك فور حصوله على أي خبر من الفندق، وفور سماعه بعودتها إلى تونس، دون أن يعلم إن كان أمر عودتها هو أمر مؤكد أو لا.

ولكن كان لديه أمل كبير في أنه سوف يتلقى اتصالا يجعله سعيدا، اتصال بخصوص حبيبته تلك التي سلبته قلبه.

عاد توماس وريك إلى بريطانيا، وكله أمل بأن يتلقى بأن يتلقى اتصال هاتفيا يمكنه من التواصل مع تلك الفتاة في القريب العاجل.

وبعد مرور أسبوعين بالكامل، ولم يظهر أي خبر عن الفتاة، حيث كان توماس يتصل بذلك الفندق كل صباح أو مساء، ورغم أنه عاد إلى حياته الطبيعية، إلا أنها لم تعد كما كانت قبل لقائه بتلك الفتاة ورؤيته لها.

لقد أصبح توماس أكثر من ذي قبل يعرض عن الفتيات الجميلات اللاتي يصادفهن في حياته، ويحافظ على

توهج تلك المشاعر التي توقدت في مدينه **بوسعيد** بتونس.

كانت تلك الأغنية بمثابة الشعلة التي تحافظ على توهج مشاعره، فكان يستمع لها كل ليلة.

كاد توماس أن يفقد الأمل في إيجاده للفتاة التي يبحث عنها في كل مكان، ولا أثر لها، بالرغم من أن لديه اسمها إلا أنه لم يتمكن من العثور عليها في كل مواقع التواصل الاجتماعية.

انتظر اتصالا يُنبئه بعودتها إلى تونس، ولكن تلك الفترة لم يكن هناك ضغط في العمل، ولكن فيما بعد وفي الفترة التي تلتها كانت أمام توماس فترة مضغوطة مشحونة، مليئة بالسفر والصفقات، فاضطر لمغادره بريطانيا متجها نحو كندا.

كان عليه الإشراف على مشروع جديد هناك، مشروع تابع لشركته التي في بريطانيا.

سافر توماس إلى كندا وانهمك في أعماله، فلم تكن تسنح له الفرصة إلا قليلا لكي يرتاح أو يستعلم عن الأخبار من ريك أو الفندق، ويسأل ما إذا كان هناك أي جديد فيما يخص الفتاة، فقد كان كثيرا الاجتماعات والتنقل بين مختلف من المواقع التابعة للشركة.

لقد كان رجلا مشغولا جدا في عمله، إلا أن ذلك الأمر أصبح يشغل تفكيره، ولم يعد العمل هو كل ما يهمه، بل أصبح هناك أمر آخر يشغل حيزا كبيرا من تفكيره.

وبعد مرور شهر من العمل الشاق، عاد توماس إلى لندن، أخذ توماس بعد ذلك إجازة لمدة أسبوع لأنه شعر بأنه مرهق جدا فقد استنزفت الرحلة الأخيرة إلى كندا كل طاقاته، كما أنه كان مرهقا أكثر شيء من عدم ظهور أي خبر عن تلك الفتاة التي تكاد تصبح ماضيا، وكأنها لم تكن موجودة يوما.

فكر توماس في ما يمكن فعله في هذه الإجازة، فكر في السفر إلى تونس، ولكن الفكرة لم تكن مريحة بالنسبة له، إذ لم يكن يعتقد أن في استطاعته الذهاب إلى هناك

وهو يعلم جيدا بأنه لن يجد الفتاة هناك، فلم يرده أي خبر من الفندق يفيد بعودتها إلى تونس.

قرر بعد ذلك أن يرتاح في بيته، وأن ينعم ببعض الهدوء، بحثا عن الراحة والسكينة، وفي أول يوم من عطلته دق جرس الباب، وعندما فتحه وجد ريك.

حلم يعيش في قلبي

جاء ريك الذي يعلم ما يعانيه توماس، وحلمه الذي يكاد يطير مع هبوب الرياح، فهو يعرف صديقه حق المعرفة، ويعلم بأن ما يشعر توماس لا هو نزوة، ولا هو نسيم رغبة عابرة.

فتوماس هو شاب ملتزم رزين، وما حدث معه هذه المرة يعني شيئا ما حتما.

أراد ريك الصديق الوفي أن يقف إلى جانب صديقه الذي يعلم جيدا بأنه يمر بظروف صعبة، وأنه في حالة سيئة.

كان يعرف بأنه يعاني جرّاء ما حدث معه، جرّاء
فقدانه الأمل أو أنه يكاد أن يفعل ذلك

يكاد توماس أن يودع حلمه الجميل الذي جعله يشعر
بأنه وجد أخيرا ما كان يبحث عنه، حتى وإن لم يكن
بالفعل يبحث، ولكنه شعر بأنه قد وجد أخيرا ما كان
ينقصه، وجد ما قد يجعله يشعر بالكمال.

لقد جاء ريك بفكرة للترفيه عن توماس الذي كان يجلس في البيت متململا، متضايقا، متعبا، مرهقا...، كانت فكرة تريك أن يأخذ توماس معه في جولة حول أوروبا.

لقد راودته تلك الفكرة لأنه تلقى دعوة لحضور حفل زفاف أحد أصدقائه في مدينة في سويسرا، وفي نفس الوقت سوف يحضر اجتماعا في فندق ذا شيدي أندرمات إذ سوف تستغرق رحلتهما بالسيارة حوالي ثلاثة أيام لحضور حفل الزفاف ولعقد الاجتماع.

لم يكن توماس يشعر برغبة في فعل ذلك، ولا يريد حتى الخروج من البيت، ولكن ومع إصرار ريك وافق أخيرا على فعل ذلك.

في صباح اليوم التالي توقفت سيارة ريك أمام بيت توماس الذي استيقظ باكرا واستعد للرحلة التي وعده ريك بأنه سوف يتكفل بكل شيء فيها، فهو من سيقود السيارة، ويملؤها بالبنزين، وهو من سيتكفل بإحضار الطعام وما إلى ذلك.

لقد كانت الرحلة فعلا من تخطيط ريك بكل تفاصيلها، ففكر في كل شيء ولم يهمل شيئا.

نزل توماس وهو يجر حقيبته، ويحمل في يده بذلة لحضور حفل الزفاف، وألقى التحية على ريك النشيط الذي أحضر معه كوبان من القهوة، وبعض المخبوزات.

كان ريك يطلق بوق السيارة، لكن توماس حذره من فعل ذلك لأن الوقت كان مبكرا، وسوف يتضايق الجيران من ذلك التصرف.

انطلقت السيارة باتجاه مدينة أندرمات السويسرية واستمرت حوالي عشر ساعات، توقفا في الطريق

لتعبئه البنزين، وابتاع ريك بعض المأكولات، وبعض الطعام.

وصلا إلى الفندق حيث سوف تتم إقامة حفل زفاف، وحيث كان قد تجمع بعض المدعوين.

التقى ريك بأصدقائه وألقى التحية على العريس، بينما صعد توماس إلى غرفتهما وفتح الشباك، وراح يتأمل المدينة التي كانت تظهر بمظهر جميل من حيث المكان الذي يقف فيه.

في المساء.. كان هناك اجتماع للأهل والأصدقاء من طرف العريس، وكان العشاء ممتعا، لقد قام موظفو مطعم الفندق بجمع الطاولات لكي تكفي الجميع.

كان أغلب الحضور شبابا في مثل سنّ العريس تقريبا، ومنهم من كانوا عزابا.

أعجب ريك بإحدى الفتيات، بينما تقربت فتاتان في محاولة لنيل إعجاب توماس، ولكن محاولاتهما باءتا بالفشل الذريع، وهذا ما جعل الفتيات طوال السهرة

ينظرن إلى توماس على أنه شاب متكبر، ولكن في الحقيقة كان قلب توماس مملوكا من طرف عازفه الكمان، وفؤاده وروحه..، كله ينتمي إليها رغما عن إرادته.

في اليوم الموالي.. أقيم حفل الزفاف الذي كان رائعا وبسيطا وهادئا، وقد تعمّد العريس والعروس أن يكون زفافهما في بهذا الشكل ومقتصرا على الأهل والأصدقاء المقربين.

كان يوما طويلا بدأ في الصباح الباكر مضغوطا ومشحونا ولم ينته إلا بعد منتصف الليل، وكانت الفترة الثانية منهم مريحة وجميلة وممتعة.

مفاجأة في الطريق

بعد الزفاف، وبعد الاحتفال، كانت هناك رحلة شهر العسل في انتظار العرسان، بينما تفرق الناس وذهب الجميع الى غرفهم.

في تلك الليلة عادة الأفكار وعاد الحنين لتوماس الذي تذكر حبيبته الفتاة عازفة الكمان على الشاطئ، وهنا أيقن بأنه وقع في حبها، وبأنها استوطنت قلبه، وتمكنت من غزوه رغم كل شيء وحتى من دون علمها.

لم يكد يغمض لتوماس في تلك الليل جفن، بينما فما كان تمكن ريك من النوم عميقا لأنه كان على موعد في الغد لعقد اجتماع مهم.

كان الاجتماع الساعة العاشرة صباحا في فندق ذا شيدي أندرمات الذي يبعد عن فندقهما حوالي العشرة دقائق سيرا على الأقدام.

وبعد الاجتماع، كانت الخطة تنص على سفر مباشرة لذا استيقظ الرفيقان وحزما أمتعتهما ووضعاها في السيارة لكي يتمكنا من السفر بعد الاجتماع، دون العودة إلى الفندق مرة أخرى.

اللوحة الإشهارية

عندما دخل توماس وريك إلى الفندق الذي كان فندقا راقيا وكبيرا، وجدا عند الباب لافتة تعلن عن حفل موسيقى سوف يقام هذه الليلة.

لم تكن اللوحة الإشهارية تحتوي على الكثير من المعلومات، ولكن كان هناك صورة كمان، ومكتوب بجانبه حفل موسيقي لموهبة شابة صاعدة دون ذكر اسم العازفة بالكامل.

دق قلب توماس كثيرا وكأن رؤيته للكمان فقط قد حركت مشاعره، وكأن الكمان أصبح يعني له شيئا خاصا.

عندما دخل توماس الفندق، سارع إلى الاستقبال من أجل الحصول على بعض المعلومات عن الحفل، رغم أنه لم يكن هناك احتمال لعثور على فتاته هنا، ولكن الفضول جعله يطرح بعض الأسئلة.

أسئلة توماس لم تجد جوابا، لأنه لم تتوفر في الاستقبال معلومات كافيه عن الحفل، كما أنه لم يكن هناك أي تذاكر لحضور الحفلة.

بعد بعض الوقت استوعب توماس ما كان يفعله، انتبه لإصراره وتطفله، وأسئلته المتكررة التي استغربها حتى موظف الاستقبال.

استأذن ريك من توماس الواقف أمام الاستقبال وأخبره بأنه سوف يلتحق بزملائه في قاعة الاجتماعات، وأن

يستمتع هو بأخذ جولة في مختلف أرجاء الفندق إلى أن ينتهي هو من اجتماعه الذي سوف يستغرق حوالي الأربع ساعات، ثم يجتمعان في مطعم الفندق لتناول طعام الغداء ويغادران بعدها مباشرة.

الحنين..

بقي توماس لوحده، فأخذ جولة في الفندق، ثم خرج لكي يجلس بقرب حمام السباحة الذي كانت تطل عليه غرف الضيوف النزلاء والشرفات الغرف والأجنحة.

لم يكن هناك أحد في تلك الساحة، وكان الهدوء يعم المكان وكأنه لا وجود لأحد بكل الفندق.

جلس توماس على أحد الكراسي المصفوفة على أطراف المسبح الكبير، فقد كانت هناك ثلاث مسابح.

و بينما كان توماس جالس يشرب كوبا من العصير حيث لمع له شيء ما، فرفع نظره إلى إحدى الشرفات

ولكن شيئا ما قد لمع من هناك، وكان له بريقٌ ملفت للنظر.

اعتقد توماس بأنه ذلك اللمعان الذي لم يلبث طويلا، ليس بالشيء المهم فأشاح بنظره، وكذلك لأنه لم يكن هناك أحد، حتى أنه لم يكن متأكدا من الشرفة التي صدر منها ذلك المعان.

وبعد لحظات لمع شيء في عينه مره أخرى، وعندما رفع بنظره وجد الشرفة التي يسطع منها اللمعان أو الضوء المعكوس من الشمس، هناك في الشرفة الثانية إلى اليمين في الطابق الأول بينما الستائر الشفافة الخفيفة التي يتلاعب بها النسيم، ولكن الرؤيا غير واضحة.

لقد لفت اللمعان المتكرر نظر توماس، وأثار المنظر انتباهه، رغم عدم وجود أي شيء مثير أو غريب ولكن لقد رواده إحساس غريب.

بعد ذلك وفجأة لمح توماس امرأة بين الستائر، وأخيرا تمكن من رؤية شيء ما، لقد كانت امرأة جميله تلبس فستانا أزرقا سماويا من الشيفون بدون أكمام.

المفاجأة أنها كانت تحمل كمانا في يدها، يبدو أنه قوس الكمان هو الذي كان يلمع تحت أشعة الشمس، نعم إنها قطعه المعدن في أسفل القوس هي ما عكست ضوء الشمس ولمعت في عيون توماس.

لقد سُلب كيانه حين رأى الكمان والفتاة أو المرأة التي تحمله، والتي ذكرته بالفتاة التي يبحث عنها.

لقد قام من مكانه وتقدم إلى الأمام لكي يتمكن من الرؤية أكثر، وبوضوح أكبر، ولكن الفتاة كانت تنظر أمامها مما يجعل الشرفة وراءها، لذا لم يتمكن من رؤية وجهها.

بعد ذلك بدا وكأن أحدا ما دخل عليها الغرفة، وهذا ما جعلها تتقدم إلى الأمام وتختفي عن مجال رؤية توماس.

ها هو توماس يعود به الحنين، وتصحو مواجعه، وعندما رأى نادلا يمر من أمامه، ليس بالقريب منه، ولكنه الوحيد الموجود هناك، فناداه وسأله عن الفتاة التي في تلك الغرفة، إلا أن النادل لم يكن يعلم الكثير، فهو لا يعرف كل النزلاء، لأن عملهم مختصر على الخدمة، والمطعم كما أنه لا يجوز له التكلم عن نزلاء الفندق.

حلم بين الواقع والخيال

توجه توماس إلى الاستقبال وهو في حاله هستيرية، وراح يسأل عن تلك النزيلة بالذات، ولكن أسئلته لم تلق ردا نظرا للحالة التي كان فيها وحرصا على سلامه النزيلة.

لم تكن بيد توماس حيلة، وكان في حاله من الجنون، يمشي ذهابا وإيابا في قاعه الانتظار، والعمال والموظفون يستغربون حالته ويتهامسون عليه.

وبعد فترة، وبعد أن تم تقديمه ثلاثة أكواب من العصير البرتقال لتوماس لكي يهدا لكي يهدئ أعصابه ولكنه لم يشرب منها، ولم يهدأ، التحق به ريك الذي أنهى اجتماعه للتو.

تفاجأ ريك بالحالة التي وجد توماس فيها، وعندما فهم منه الأمر، فقد أخبره توماس بأنه وجد تلك الفتاة، ولكن موظف الاستقبال لا يريد مساعدته، ولم يؤكد له الأمر إذ لم يخبره باسمها.

رغم أنه أخبره بأنها هي صاحبه الحفلة المقامة هذه الليلة.

كما أنه سمع بأنها فرنسية جزائرية وهذا يؤكد الأمر، توجّه ريك إلى الاستقبال لكنهم أخبروه بأن توماس كان يبدو مهووسا أو مجنونا، ونظرا لسياسة الفندق من أجل حماية النزيلة لم يقدموا له المعلومات التي طلبها.

حاول ريك مع الاستقبال وأخبر المسئول عن قصه توماس ولكنها لم تكن مقنعه بالنسبة إليهم، أراد أن

يحجز تذاكر الحفل لكي يتأكد توماس من الأمر بنفسه فلم يتبق عن بدء الحفل إلى حوالي ستة أو سبع ساعات ولكنه لم يفلح في ذلك لأن التذاكر قد بيعت كلها.

لم يجد ريك حلا أمامه إلا أن يحجز غرفه لهما لأن نزلاء الفندق بإمكانهم حضور الحفل بدون تذاكر، ولكن للأسف لم تكن هناك غرف متوفرة، وحتى الأجنحة رغم ثمنها المرتفع.

وضع ريك في موقف لا يحسد عليه، وبعد طول تفكير تذكر صديقا له هنا ربما بإمكانه تقديم المساعدة له.

اتصل ريك بالصديق الذي كان على معرفة شخصية بصاحب الفندق، فأوصى لهما هذا الأخير بالجناح المخصص للشخصيات البارزة، وطلب من الموظفين حسن معاملتهما.

وأخبر ريك بعد ذلك بأن بإمكانهما حضور الحفل، كما أنه سوف ينضم إليهم وزوجته في المساء من أجل حضور الحفل الموسيقي.

طلب منهما السيد أيضا أن يحترما خصوصية النزيلة التي طلب منه ريك المساعدة لمعرفة بعض الأمور عنها ولكنها طلبت من الفندق التكتم عن شخصيتها.

أصبح الموضوع أكثر غموضا، والوضع أكثر حدة، والجو أكثر توترا، ولكن توماس ارتاح عندما علم بأنه بإمكانهما حضور الحفل، لقد كان توماس يشعر بطاقة ايجابية، وسعادة عارمة.

كان لديه إيمان عميق، وأمل كبير بأن تكون هذه الفتاة هي نفسها الفتاة التي سكنت قلبه ووجدانه.

وبعد ساعات طويلة جدا، وبعد ساعات ودقائق وثواني كثيرة في الانتظار، والتشوق والصبر والحيرة حلّ المساء.

نجمة الحفل

في المساء وأخيرا جاءت الفرصة، لكي يلتقي توماس بعازفة الكمان التي كانت نجمة الحفلة لهذه الليلة.

وبعد أن ارتاح توماس وريك في جناحيهما، وأخذ حماما وارتدى أجمل ما لديه، وأيضا ريك تأنق هو الآخر من أجل الحفل.

نزل الاثنان إلى الطابق الأسفل حيث وصل السيد هانك وزوجته دورا والتقى بهما أمام مكتب الاستقبال ورافقاهما إلى صالة الحفلة التابعة للفندق.

لم يكن الحفل قد بدأ بعد ولكن المدعوين قد بدؤوا بالتهافت على القاعة، والجلوس في أماكنهم.

بعد لحظات بدأت أضواء الصالة تختلف بين قوية وهادئة وهذا دلّ على التأهب لبدء الحفل.

وما هي إلا بضع دقائق حتى جلس الجميع في أماكنهم، وخرج مقدم الحفل يقول كلمة افتتاحية.

بعد ذلك رفع الستار، وكانت حفلة تلك الفتاة الفاتنة التي التفتت إلى الجمهور، وبدأت تعزف مقطوعة جميلة، وسرعان ما أدخلت لحنا عربيا داخل لحن غربي، وقد كان هناك شخص يعزف على البيانو يرافقها، فيعزف معها أحيانا وتعزف لوحدها أحيانا.

كان الجمهور ومن خلال ملامح الناس وسلطنتهم كانوا مستمتعين بالحفل جد،ا ومستمتعين بالعزف واللحن المختلط بين الغربي والعربي.

لقد تعرّف توماس على الفتاة حالما رآها وبين ما هو جالس يتأمل جمالها حتى بدأت تعزف لحنه، أو لحنهما، فقد ربط توماس تلك الأغنية بقصتهما لأنه قد سمعها كثيرا منذ أوّل مرة رأى فيها الفتاة.

كان مسلوب الإرادة وهو يراقب تلك العازفة بالفستان الأزرق الليلي الطويل، وهي تضع ذلك الشال الأخضر الفاتح على رقبتها ممتدا ومربوطا على رسغها، على يدها اليسرى التي تسند الكمان، وشعرها المموج الجميل، البني الفاتح بالخصل الحمراء التي تتخلله، وتلك القلادة على شكل مرساة على صدرها ، وهي تتدلى بنعومة من رقبتها.

لم يستغرق الحفل الكثير من الوقت، لأن توماس لم يشعر بالوقت يمر، وفجأة ختم الحفل ونزلت الستائر ، بينما توماس لا زال هائما، فقد مضت ساعتان لم يشعر بهما توماس أبدا

وفي غفلة من الناس حيث بدأ الجمهور بالخروج من القاعة، قام توماس بنغز ريك لكي يجد له طريقة كي

يذهبا ويقابلا العازفة التي كانت قد غادرت، فقد نزلت عن خشبه المسرح، ولكنها اتجهت إلى الكواليس.

لم يتمكن توماس من اللحاق بها، فقد منعه الموظفون من سلوكه ذلك الاتجاه، ولم يستطيع ريك أن يلحق بصديقه صاحب الفندق، فاضطر الجميع للخروج من أبواب الصلاة الرئيسية، وأن يتبعوا الجمهور المتوجه إلى الخارج، وهذا ما جعلهما أي توماس وريك يتأخرا في الخروج لكثره الناس.

بعد خروج كل الناس، وحيث قام السيد هانك بتوديع بعض الأصدقاء الذين كانوا يحضرون الحفل. فركبوا سياراتهم الفاخرة وغادروا الفندق.

توقف ريك وتوماس قريبا ينتظرون حتى ينتهي السيد هانك من توديع أصدقائه لكي يطلب منه ريك خدمة، فتوماس يريد وبشدة أن يرى أناريا ويتكلم معها.

أخبرهما السيد **هانك** بأنه لا يعلم إن كانت ما زالت في الفندق، لأنه سمع بأنها سوف تغادر الفندق لكي تلحق برحلتها فهي مسافرة هذه الليلة.

بعد أن طلب السيد **هانك** من أحد الموظفين بعض المعلومات عنها لكي يتأكدوا من معلومة سفرها، أخبرهم الموظف بأنها غادرت الفندق منذ عشرين دقيقة، وخرجت من الباب الخلفي. وربما تكون قد حلقت في السماء في هذه الأثناء، وربما طائرتها قد أقلعت لأنها كانت مستعجلة جدا.

حزن توماس لما حدث،ودخل في حالة من الاكتئاب، لكن ريك علم بأنه لا يوجد ما يستطيع فعله من أجل صديقه، وعندما سأل عن وجهتها علم بأنها كانت متجهة إلى باريس ثم تستمر رحلتها إلى الجزائر.

فكر ريك في أن يلحق بها ولكن عندما اتصل بالمطار علم بأن الطائرة المتوجهة إلى باريس قد أقلعت، وعندما قام بحساب المسافة في رأسه وجد بأنهما سوف

يتأخران كثيرا، ولم تكن هناك رحلة أخرى إلى باريس متوفرة لهذه الليلة.

لم يجد ريك حلا، فركب السيارة هو وتوماس الحزين وانطلقا في طريق العودة إلى لندن.

أجمل صدفة

بعد طول تفكير وسرحان وحزن وألم لم يخلد
توماس إلى النوم، بينما ريك يقود السيارة، وما هي إلا
حوالي ساعات قليلة وصلا إلى المدينة.

على ما يبدو أن توماس قد خلد للنوم أخيرا، ولم يفق
إلا على نقر على نافذة السيارة التي كان متكئا عليها.

عندما فتح عينيه لم يصدق ما رآه، لقد كانت فتاة جميلة تقف أمام سيارتهما ويبدو أن ريك قد نزل من السيارة، لأنه كان بمفردة، والسيارة متوقفة.

وعندما تأكد منها وقد كانت تضع نظرات شمسية رغم أن الوقت كان ليلا.

لقد كانت فتاة جميلة تقف أمام سيارتهما، ويبدو أن ريك قد نزل من السيارة لسبب ما.

وجد توماس بأن تلك الفتاة التي تقف أمام سيارتهما هي أناريا ذاتها، لقد كانت تجر حقيبة سفر، ويبدو أن السيارة كانت مركون أمام مطار لندن.

تفاجأ توماس لما رآه ولم يستطع أن يصدق الذي يحصل معه، فالأمر عجيب جدا لأن حبيبته الفتاة التي وقع في حبها والتي كان يطاردها ها هي تقف أمامه بشكل غير معقول، إنها بالفعل أمامه رغم أن الأمر يشبه الحلم أكثر من علاقته الوطيدة بالواقع.

من هول الصدمة فقد توماس صوته، كما أنه حتى الآن لم يستوعب ما يحصل أمامه.

كانت الفتاة تطرح عليه سؤالا، ولكنه في الحقيقة لم يكن يستطيع سماعها، لأنهما كانا في المطار وكانت هناك أصوات طائرات تقلع، وأخرى في السماء.

نزل توماس من السيارة، وفجأة أصبح الجوّ هادئا ورومانسيا، والليل يخيّم على المكان، والأضواء كأنها النجوم تتلألأ في السماء.

وتضفي رونقا رائعا.

والقمر يتوسط السماء، ويلوح بنوره على وجه حبيبته الجميلة التي نزعت النظارات وراحت تكلمه، أما توماس فلم يكن قد تأقلم مع الوضع بعد، وكان يتأمل حبيبته بعينيه صعودا ونزولا، وهو يحاول أن يتأكد من أنها هي حيث كانت تحمل كمانا على كتفها في صندوقه.

سألت **أناريا** توماس إن كان بإمكانه أن يوصلها هو وصديقه صاحب السيارة إلى المدينة، لأن الموظف أخبرها بأنه يعرف صديقه صاحب السيارة أي ريك فنصحها بأن تطلب منهما إيصالها لأنه لا توجد سيارات أجرة في المطار.

تفاجأ توماس بطلبها وتقدم منها، وكلامها معه، وكل هذه الصدمة العجيبة.

وبعد ذهول سرعان ما عاد توماس لوعيه، وأخبرها بأنه لا يعرف أين هو ريك صديقه، كما أخبارها بأنه أصلا لا يعرفه إن كانا متوجهان إلى وسط مدينة لندن.

في تلك اللحظة وبينما هما في خضم الحديث قاطعهما ريك الذي عاد برفقة فتاة جميلة.

تفاجأ ريك هو الآخر بوجود **أناريا** واقفة أمامهم، وعندما أخبره توماس بأنها تسألهما إيصالها إلى المدينة، رحّب ريك بالأمر كثيرا، وعرّفها على الفتاة التي كانت برفقته والتي اتضح بأنها أخت زوجته.

اتصل ريك بزوجته في طريق عودته فطلبت منه أن يصطحب أختها من المطار.

ركب الجميع في السيارة، وانطلقوا باتجاه مدينة لندن.

كان توماس مصدوما فلم يقص على **أناريا** كلما حدث معه في الأشهر الماضية خوفا من أن يقوم بإزعاجها، وبعد قليل أخبرها ريك بأنهما كانا في سويسرا، وقد حضرا حفلا وكانت العازفة تشبهها تماما.

ثم أخبرها بأنهما أرادا رؤيتها بعد الحفل، وكلبا مقابلتها، ولكن أخبروهم في الفندق بأنها قد سافرت إلى باريس. ضحكت **أناريا** ثم أخبرتهم بأنها هي العازفة، وأنها قد غيرت الرحلة في آخر لحظة وجاءت إلى هنا.

من شده المفاجأة والصدفة الغريبة لم يكن توماس قادرا على الكلام أو إبداء رأيه بأي شيء، الأمر الوحيد الذي قام به هو أنه قام بتحريف مرآة السائق لكي يتمكن من النظر لأناريا التي تجلس مع الفتاة الأخرى في المقعد الخلفي للسيارة.

أما ريك فقد أبدى إعجابه بعزفها على الكمان ونجاح حفلتها، أما بالنسبة للفتاة الأخرى **سينثيا** فقد لاحظت ما كان يفعله توماس وعلمت بأنه معجب بأناريا، وهذا ما جعلها توطد علاقتها بها، كما أخذت منها رقم هاتفها، وقامت بدعوتها على حفلة وأخبرتها بأن أختها والتي هي زوجة ريك تقيم حفلة لابنتها غدا ويجب عليها الحضور.

لقد وجهت لها دعوة لحضور الحفل فقط من أجل توماس، فقد رأت كم هو مشدود للفتاة وهذه أول مرة تراه هكذا، ولأنها تعتبره مثل ريك كالأخ بالنسبة لها أرادت أن تسديه خدمة.

أخبرتها أيضا بأن توماس سوف يكون موجودا في الحفلة هو الآخر.

لاحظت أناريا اهتمام توماس الذي سارع بالنزول من السيارة لكي يفتح لها الباب حين أوصلها إلى بيتها بعد إصرار ريك على فعل ذلك.

وقد عرفا عنوانها فقد كانت تمتلك شقه في لندن، وهذه صدفه عجيبة أخرى، فشقتها كانت تبعد ستة شوارع من بيت توماس، ولكن لم يصدف أن التقيا من قبل فهي لا تبقى فيها كثيرا.

وافقت **أناريا** على حضور الحفلة، وأخبرتهم بذلك وهذا ما بث السعادة في قلوب الجميع.

تقوية أواصر المحبة

مع اقتراب موعد الحفلة، في اليوم التالي، وعندما خرجت من بيتها وجدت توماس ينتظرها أمام بيتها لأنه أراد أن يصطحبها إلى الحفلة، فهي لا تعرف طريق بيت ريك.

لقد كانت أناريا سعيدة بتصرف توماس هذا، هذا التصرف النبيل الذي لم تكن تتوقعه.

ركبت السيارة وانطلقا معا، رغم أن البيت لم يكن بعيدا جدا لكن توماس كان يقود سيارته ببطء شديد، وكأنه لا يريد أن يصل أبدا، ولا يريد أن تنتهي هذه الرحلة التي جمعتهما، رحلة إلى بيت ريك.

لقد كانت توماس مجنونا، ولكن هذا لم يضايق أناريا بل كانت في غاية السعادة، وكانت السعادة بادية وجلية على ملامحها.

لم يكن هناك الكثير من الحديث إلا كلام طيب أصدره توماس في حق أناريا وفستانها الأصفر الجميل المليء بالورود وكأن الربيع قد حلا باكرا هذه السنة.

لقد أحضرت أناريا معها كمانها، وكأنها كانت تعتزم الغرف في هذه الحفلة الصغيرة، رغم أنها لا تعرف أحدا هناك إلا توماس وريك، و**سينثيا** اللطيفة التي قامت بدعوتها، وقد تعرفت عليهم ليلة البارحة فقط.

لكن أناريا لا تعرف زوجة ريك ولا حتى ابنته الصغيرة صاحبة الحفلة.

إلا أن تصرف أناريا هذا لم يكن غريبا لأنها غالبا ما تحمل كمانها معها ويرافقها أينما ذهبت وجاءت.

لقد قررت الذهاب بالرغم من كل شيء، فهذا الأمر كان ليسعد قلوبا كثيرة، منها قلبها هي وقلب توماس الذي كان واضح عليه أنه مهتم بها.

فور وصولهما إلى الحفلة اختطفت ابنة ريك هذه الضيفة الجديدة وأبدت إعجابها بالكمان، ولم تستطع أن تتمالك نفسها وأن لا تطلب من أناريا أن تعزف من أجلها.

كانت **أناريا** كالفراشة خفيفة الحركة تتموج بين المدعوين هنا وهناك، أحيانا تسحبها ابنة ريك من يدها، وأحيانا سينثيا، وتوماس يراقبها، ولا يكاد يرفع عينيه عنها.

أما **أناريا** فقد كانت نخطف النظرات لتوماس وترمقه بنظرات شوق ولهفة.

كانت نظرات الإعجاب واضحة، ولغة العيون صريحة بين الاثنين، بدا الأمر وكأن أناريا تبادل توماس الحب، فتوماس بلا شك واقع في حبها ولا يكاد يتنفس إلا بوجودها.

قامت أناريا من بين الضيوف ووقفت وهي تتألق بجمالها وكامل أناقتها ملبية طلب كريستينا ابنة ريك ذات التسع سنوات لكي تعزف لها.

حملت كمانها بين يديها وتأقلمت معه، بدى وكأنه جزء منها، لا يزيدها إلا جمالا، ويضفي لمسة سحرية جمالية، ويعطيها رونقا مميزا.

لقد كان لها كيان خلّاب، وكان لها سحر حضور كبير عندما يتعلق الأمر بالعزف فهي كلما تقرر العزف تلبس حالة من السحر.

رمقت أناريا التي رفعت عينيها باتجاه توماس وميزته بنظره اختلستها له من بين كل الحضور، ولكنه بادلها تلك النظرات فقد كان مسلوبا بعيونها، ووقوفها، وشعرها الذي أعادته بحركة خفيفة إلى الوراء وكأنه موجه بحر هادئة تغادر الشاطئ فشاطئه الجبهة والعيون لتعود إلى محيط النغمات، تلك النغمات التي بدأت تصفّها على سلم الموسيقى بحركات أنيقة.

لقد كان مسلوبا بها حقا وهو يراقب تفاصيلها بدقة وخفية عن الأعين، من يراه سوف يكتشف على الفور بأن توماس واقع في حبها بكل تأكيد.

وفجأة..، علم توماس أن أناريا تعزف أغنيتهما بعيون مغمضة وإحساس رومانسي لم تعزف به من قبل قط، فقد سبق وسمع نفس اللحن وبعزفها.

لقد كانت نظراته لها نظرات غرام وعشق، بينما كانت هي مندمجة مع كمانها وفي لحن من الأحلام.

سمع اللحن نفسه وبعزف حزين على الشاطئ، وسمعه منها وبقوة ونضوج في الحفلة في الفندق ليلة البارحة.

وها هي تعزفه اليوم بإحساس رومانسي ومشاعر راقية. عزفت أناريا هذه المرة وكأنها تعزف من أجل شخص واحد.

شخص يسكن روحها ووجدانها، لقد عزفت أغنيه **في يوم وليلة** بحب، عزفتها بحب كبير.

فتاة جميلة تعزف بعيون مغمضة، تعزف أغنية شرقية، وكل من يرى ذلك المنظر الخلاب يمكنه أن يستثف وبسهوله بأن هذه الفتاة عاشقة مغرمة.

في تلك اللحظات وبينما الجميع مندمجون مع الموسيقى التي أبهرتهم بعلاقة الحب التي تعيشها العازفة والتي ترجمتها هي والكمان، لم يعد توماس كما كان.

تغيرت ملامح توماس ولم يستمتع بالعزف بعد ذلك، لقد تغير فجأة، فبعد أن انتصفت المقطوعة لاحظ مدى انغماس أناريا في العزف.

التفت توماس يمينا وشمالا ليرى عيون الحضور تلمع وتتلألأ بالحب، وكأن الجميع أصبحوا ينهلون من كأس الحب والغرام التي تنهل منها أناريا بعزفها الفريد.

ظن توماس بأنه ربما يكون مخطئا أو تأخر في الوصول إلى الفتاة، التي اعتبرها حبيبته وتوأم روحه.

هنا وبعد ما رآه توماس بأم عينه وبعد كل تلك الظنون والشكوك صحا عقله وراح يكلمه بصوت عال لكي يغطي على صوت القلب.

لقد ظن بأنه يمكن أن يكون لأناريا حبيب مت ا وهي بالطبع ومن ما استنتجه من تلك الحالة الرومانسية والإحساس المرهب الذي كانت تعزف به تشعر بالحب تجاه هذا الرجل المجهول، فهي في حالة من العشق والغرام.

تائه في الحب

خرج توماس من الحفل مسرعا هائما على وجهه،
ولم تنتبه **أناريا** لمغادرته الحفل، وهي لا زالت تعزف
أما ريك الذي لحق به فلم يستطيع أن يمسك به، ولا أن
يجعله يرجع إلى الحفلة، ولم يستطع أن يفهم منه شيئا.

من عادة توماس أنه يتوجه إلى البحر لكي يحكي له
ويفضفض له كلما كان منزعجا، ويخبره بالأمور
الجيدة التي تحصل معه، ويشتكي له من الأمور

المتعبة وعما يصعب عليه أو يؤلمه، فقد كان البحر دائما صديقه.

استغربت أناريا عندما فتحت عينيها بعد أن أكملت العزف والجميع يصفق لها، ولكن استغرابها كان لاختفاء توماس من الحفلة.

بحثت عنه في كل مكان وسألت الجميع عنه، ولكن لا أحد يعلم أين هو أو لماذا غادر بهذا الشكل المفاجئ.

انتظرت أناريا حتى انتهت الحفلة وغادر الجميع.

بقيت أناريا قليلا لأنها اعتقدت بأن توماس قد يعود إلى الحفل ،وريما خرج فقط لبعض الوقت، فهي تعلم بأن ريك هو صديقه الحميم.

وبعد أن علم ريك بأن أناريا بقيت تنتظر توماس، وبعد أن لا حظ مدى اهتمامها به، فقد أخبرته سينثيا أخت زوجته بذلك، خرج إلى الحديقة وجلس معها لتجاذب أطراف الحديث.

لكي يعرف ما تشعر به، وحقيقة مشاعرها تجاه توماس، وسبب بحثها عنه، كما أنه قرر أن يصارحها بكل ما حدث من أول يوم رآها فيه.

عندما سمعت أناريا القصة كاملة دمعت عيناها ولم تتمالك نفسها، ثم سألته إن كان أحدهم يعلم أين قد يكون توماس.

أخبرها ريك بأنه متعود على الذهاب إلى الشاطئ، ثم طلب منها أن تسمح له بمرافقتها فحالتها لا تسمح لها بالقيادة، كما أنه يعلم المكان الذي قد يتواجد فيه توماس بالضبط.

لقاء العشق

بعد أن وافقت **أناريا** على ذلك، اصطحبها ريك وتوجها إلى الشاطئ.

كان الجو مغيما بعض الشيء، وبدأت بعض الرياح في الهبوب.

وعندما وصلا إلى الشاطئ، حيث كان الوقت مساء وحان وقت الغروب، كانت الشمس تحاول الانغماس في ذلك البحر الهائج، ولا يظهر منها الكثير، لأنها

كانت في نزاع مع السحب، تظهر خيوطها الحمراء تارة أخرى وتخفيها السحب العنيدة تارة أخرى.

فور ركن ريك للسيارة لمحت **أناريا** توماس، هناك بعيدا على الشاطئ، وبالقرب من مياه البحر شبه الهائجة، والأمواج ترتفع وتهاجم وكأنها تعبر عن غضبها أو تترجم مشاعر توماس الغاضب من قدره ومن لعبة الأيام، فقد اعتقد بأنه قد خسر حبها إلى الأبد وبأن قلبها مشغول بشخص آخر وهذا من خلال موسيقاها وحالة الحب التي ظهرت عليها.

قفزت أناريا من سيارة ريك، وهرعت إلى توماس، حيث بدأت قطرات المطر تتساقط.

حين وصلت إليه وهي مبللة، لم تكن قطرات المطر هي التي تنزل من السماء، بل كانت دموع أناريا تتساقط من سماء عيونها وتبلل سماء العشق في قلبها.

اعترافات عاشق

التفت توماس إلى **أناريا** التي نادته من بعيد، وتفاجأ بالمنظر الذي رآه، إنها أناريا تلك الفتاة التي وقع في حبها من أول نظرة رآها فيها، بل ومن أول نقرة من أصابعها، ومن أول لمسة من قوسها على الكمان.

لقد عشقها سمعا ونظرا، عاشقها دون أن يعرفها، وعشقها مره أخرى حين عرفها.

ها هي تلك الفتاة تقف أمامه على شاطئ يشبه ذلك الشاطئ الذي رآها واقفة عليه ذات ليلة، وفي ليلة تشبه كثيرا تلك الليلة، وجو مماثل لجو تلك الليلة.

كانت الفتاة تقف باكية وهي تسأله:

لما غادرت الحفلة يا توماس دون سابق انذار؟

لما تركتني؟

ألا أعني لك شيئا؟

هل تخليت عن مشاعرك لي فجأة؟

لم يصدق توماس كلامها، وقد علمت بمشاعره تجاهها.

ولكن ما الذي تقوله، يبدو وكأنها لا تمانع كونه يكن لها حبا.

استعجب توماس كلامها، ودموعها، والحالة التي كانت فيها، فطلب منها أن يغادرا ذلك المكان لأن المطر أصبح غزيرا نوعا ما، لكنها رفضت.

وقالت بأن لديها ما تقوله له.

توقف توماس لكي يسمع منها، ما الذي ستقوله، ولكنه لم يكن يتوقع ما الذي ستقوله فعلا.

فقالت:

أنا أحبك

أنا أحبك يا توماس

أنا وقعت في حبك منذ مدة

لقد كنت أعزف اليوم لك أنت

لك أنت لوحدك

كنت أعزف.. وأشعر وكأننا لوحدنا في هذا العالم

أنت وأنا فقط

ثم أخبرته بأنها منذ مدة وهي تبحث عنه، وقالت:

لقد رأتك تلك الليلة، على شاطئ مدينة **سيدي بوسعيد**

في حلم جميل..

وجئت إلى الفندق للقائك، ولكنهم أخبروني بأنك مريض. كان علي السفر بعد أن تلقيت اتصالا هاتفيا من عائلتي في الجزائر.

كما أنني لم أكن أعرف عنوانك في لندن

والمعلومة الوحيدة التي تحصلت عليها من الفندق هي أنك رجل أعمال من لندن.

لقد كان كل شيء يسير بوتيرة سريعة ولم تكن تمتلكا الوقت ولا الوسيلة لكي تتواصل معه.

حتى اسمك بالكامل لم أستطع أن أحصل عليه.

لقد عرفت اسمك الأول من أحد الموظفين في الفندق مقابل بعض المال، وذلك بعد أن وصفتك له بالتدقيق.

وأخبرته بأنها عزفت له تلك الأغنية كل ليلة، لأنها الأغنية التي جمعتهما أول يوم.

كما أخبرته أناريا بأنها تؤمن بالقدر، أخبرته بأنها كانت تؤمن بأنه إن كان حبا حقيقيا سوف يجتمعان مرة

ثانية، وقد كان لديها يقين بأن أغنية في يوم وليلة هي التي سوف تجمعهما، لذا كانت هي اختيارها لكي تعزفها في أو حفل لها.

أخبرته **أناريا** بأنها كانت تنتظر حضوره إلى الحفلة رغم أنها لم تكن تعلم بأنه سوف يحضرها حقا، ولكن أملها في الحب والقدر كان كبيرا.

كما أضافت بأنها عندما لم تره في الحفلة لم تفقد إيمانها بالحب والقدر ولم تفقد الأمل في الحب ولا في القدر ولكنها ظنت بأنه لم يكن اليوم الموعود للقائهما.

وكان عليها اللحاق بطائرتها المتوجهة إلى باريس ولكنه تم إبلاغها بأنه تم تأجيل الحفلة التي كانت ستسافر من أجلها لمده أسبوع.

لذا لم تر ضرورة لسفرها فقررت العودة إلى لندن حيث هي تقيم.

ولكن كانت المفاجأة الكبرى عندما سألت أحد موظفي الأمن من أجل الحصول على سيارة أجرة أو أية وسيلة تغادر بها المطار باتجاه المدينة.

وكان توماس غافي في السيارة التي وجهها إليها الموظف.

أخبرته **أناريا** بأنها قد تفاجأت فعلا حين وجدته في السيارة، ولكنها لم تستطع قول أي شيء، وخاصة لأنها لا تعرف جيدا، ولا تعرف كيف سيكون رد فعله، وهذا ما جعلها تلتزم الصمت.

لقد كان الأمر مقدرا والقدر يفعل العجائب، إن أفعال القدر تكون ذات معنى وذات جمالية أكثر من تدبير الإنسان لنفسه.

فالقدر يفاجئ العاشقين.

سُرّ توماس بكل الكلام الذي سمعه، وأخبرها كم هو يحبها، ولكنها أخبرته بأنها تعرف ذلك مسبقا.

أخبرته بأن ريك قد سبقه لفعل، وأخبرها بمشاعر توماس نحوها، في تلك اللحظة قام ريك برفع صوت الموسيقى من سيارته، التي كان توماس قد وضع فيها شريطا تلك الأغنية، أغنية **في يوم ليلة** وكان يستمع لها طوال رحلتهم إلى سويسرا ذهبا وإيابا.

أخذ توماس **أناريا** بين ذراعيه، وقد جففت دموعها، وأبدلت الحزن بابتسام.

فرفع ريك صوته، وطلب منهما الإسراع في ركوب السيارة، لأن المطر غزير، وهكذا قد يمرضا.

ثم قال لتوماس:

أنت لا تريد أن تصاب بالبد هذه المرة ولا أناريا فلن أستطيع الاعتناء بكما كلاكما

هيا بنا..

ضحك الجميع وركبوا السيارة، وغابت الشمس وراء السحب، وتوقف مطر الدموع، وأشرقت شمس الحب على **توماس وأناريا**.

واجتمع أخيرا توماس بحبيبته عازفة الشاطئ.

Sommaire